國家圖書館出版品預行編目 (CIP) 資料

我要找回我的帽子／雍‧卡拉森（Jon Klassen）文圖；柯倩華譯.
-- 第一版. -- 臺北市：親子天下股份有限公司，2021.09
40面；20×28公分. -- （繪本；279）
注音版
譯自：I want my hat back.
ISBN 978-626-305-070-9（精裝）

873.599   110012662

獻給 Will 和 Justin

繪本 0287

我要找回我的帽子

文圖｜雍‧卡拉森（Jon Klassen）　譯者｜柯倩華

責任編輯｜謝宗穎　美術設計｜林子晴　行銷企劃｜王予農

天下雜誌群創辦人｜殷允芃　董事長兼執行長｜何琦瑜

兒童產品事業群

副總經理｜林彥傑　總監｜黃雅妮　版權專員｜何晨瑋、黃微真

出版者｜親子天下股份有限公司　地址｜台北市 104 建國北路一段 96 號 4 樓

電話｜（02）2509-2800　傳真｜（02）2509-2462　網址｜www.parenting.com.tw

讀者服務專線｜（02）2662-0332　週一～週五：09:00～17:30　傳真｜（02）2662-6048　客服信箱｜bill@cw.com.tw

法律顧問｜台英國際商務法律事務 所，羅明通律師

總經銷｜大和圖書有限公司　電話｜（02）8990-2588

出版日期｜2022 年 2 月第一版第一次印行

定價｜360 元　書號｜BKKP0287P　ISBN｜978-626-305-070-9（精裝）

———————— 訂購服務 ————————

親子天下 Shopping｜shopping.parenting.com.tw　海外‧大量訂購｜parenting@cw.com.tw

書香花園｜台北市建國北路二段 6 巷 11 號　電話（02）2506-1635

劃撥帳號｜50331356　親子天下股份有限公司

立即購買 >

我要找回我的帽子

文、圖　雍‧卡拉森

譯　柯倩華

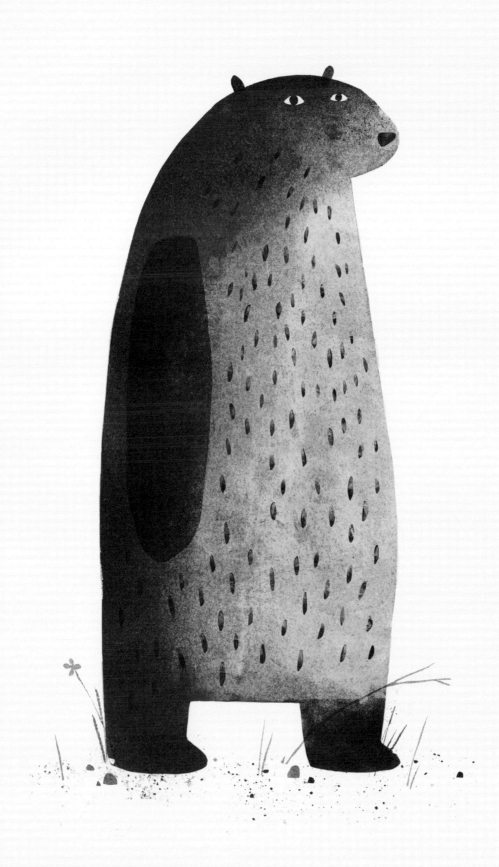

我的帽子不見了。
我要找回我的帽子。

你有沒有看見我的帽子？

沒有。我沒有看見你的帽子。

好吧，還是謝謝你。

你有沒有看見我的帽子？

沒有。我在這裡沒有看過帽子。

好吧，還是謝謝你。

你有沒有看見我的帽子？

沒有。 你為什麼要問我。

我沒看見它。

我沒在任何地方看見任何一頂帽子。

我不偷帽子。

不要再問我任何問題了。

好吧， 還是謝謝你。

你有沒有看見我的帽子？

我一整天什麼都沒有看見。
我一直在想辦法爬上這塊石頭。

要我把你抬到石頭上嗎？

好啊，拜託你了。

你有沒有看見我的帽子？

我有看過一頂帽子。
它是藍色的、圓圓的。

我的帽子不是那個樣子。
不過，還是謝謝你。

你ㄋ一ˇ有ㄧㄡˇ沒ㄇㄟˇ有ㄧㄡˇ看ㄎㄢˋ見ㄐㄧㄢˋ我ㄨㄛˇ的ㄉㄜ˙帽ㄇㄠˋ子ㄗ˙？

什ㄕㄣˊ麼ㄇㄜ˙是ㄕˋ帽ㄇㄠˋ子ㄗ˙？

嗯ㄣ，還ㄏㄞˊ是ㄕˋ謝ㄒㄧㄝˋ謝ㄒㄧㄝˋ你ㄋㄧˇ。

大家都沒有看見我的帽子。

萬一我再也看不到它了呢？

萬一永遠找不回來了呢？

我可憐的帽子。
我好想好想它。

你怎麼了？

我弄丟了我的帽子。
大家都沒有看見它。

你的帽子是什麼樣子？

它是紅色的、尖尖的，而且……

我ㄨㄛˇ有ㄧㄡˇ看ㄎㄢˋ見ㄐㄧㄢˋ我ㄨㄛˇ的ㄉㄜ帽ㄇㄠˋ子ㄗˇ！

你ㄋㄧˇ！ 你ㄋㄧˇ偷ㄊㄡ我ㄨㄛˇ的ㄉㄜ帽ㄇㄠˋ子ㄗ。

我ㄨˇ愛ㄞˋ我ㄨˇ的ㄉㄜ帽ㄇㄠˋ子ㄗ。

請問一下，你有沒有看見

一隻戴著帽子的兔子？

沒有。你為什麼要問我。

我沒看見他。

我沒在任何地方看見任何一隻兔子。

我不吃兔子。

不要再問我任何問題了。

好吧，還是謝謝你。